www.ptitglenat.com

2018, Éditions Glénat
Couvent Sainte-Cécile - 37, rue Servan - 38000 Grenoble.
Loi 49956 du 16 juillet 1949
sur les publications destinées à la jeunesse.

Dépôt légal : août 2018
ISBN : 978-2-344-02670-0 / 001
Achevé d'imprimer en Pologne en juillet 2018 par Dimograf
sur papier provenant de forêts gérées de manière durable

Princesse Kevin

HISTOIRE

Michaël ESCOFFIER

ILLUSTRATION

ROLAND GARRIGUE

p'titGlénat

Kevin est une princesse.

Les autres peuvent bien rigoler, Kevin s'en moque.

Kevin est une princesse, un point c'est tout.

Sa sœur lui a prêté une robe, des chaussures à talons, quelques bijoux. Il a emprunté le maquillage de sa maman, et, maintenant, Kevin est une princesse.
Il ne voit vraiment pas ce qu'il y a de mal à se déguiser ainsi.
Quand on se déguise, c'est pour ne pas être reconnu.
Sinon, ça ne sert à rien de se déguiser.

Et d'abord, qui a décrété que seules les filles pouvaient se déguiser en princesses ? C'est vrai, quoi ! Qu'est-ce que ça peut bien lui faire, à lui, si les filles de la classe ont envie de se déguiser en cow-boys ou en chevaliers ? Elles font ce qu'elles veulent.

D'ailleurs, en parlant de chevalier, ce serait bien que Kevin s'en trouve un. Parce qu'une princesse sans chevalier, c'est comme… comme un chevalier sans princesse. C'est tout de suite moins bien.

TERRE

Le souci, c'est qu'aucun des garçons déguisés en chevaliers ne veut lui tenir la main.

Ils croient sans doute que c'est contagieux. Que s'ils touchent Kevin, ils vont se transformer en princesses à leur tour.
Quelle bande de froussards !

Tiens, voilà Chloé. On dirait qu'elle est déguisée en chaussette.

– Mais non, c'est pas une chaussette, c'est un dragon !

C'est son papa qui l'a fait, mais c'est vrai qu'il n'est pas très doué. Il est meilleur en cuisine, le père de Chloé. Rhô, l'autre jour, il a fait un de ces couscous aux légumes !

– Bon, n'empêche qu'on dirait une chaussette…

- Elle te va bien, cette robe, dit Chloé en souriant.
Kevin devient tout rouge. Est-ce que Chloé s'en rend compte ? Est-ce que ça se voit derrière la couche de fond de teint ? Il faut faire diversion.
- Tu n'as pas chaud, là-dessous ? lui demande-t-il.
- Si, j'étouffe. Vivement que ça se termine.

Kevin aussi a hâte que ça se termine. Il a super mal aux pieds. Comment elles font, les filles, pour supporter des chaussures pareilles ? C'est pas possible, c'est une vraie torture.

GRAND
SPECTACLE
DE
FIN D'ANNÉE
ENTRÉE
ICI

Et puis cette fichue robe est beaucoup trop longue, Kevin n'arrête pas de se prendre les pieds dedans. Heureusement que Chloé lui donne la main, sinon il se serait déjà étalé par terre.

Ça ne doit pas être facile tous les jours d'être une princesse !

– Mais, Kevin, tu pleures ?

– Non, c'est le maquillage qui me pique les yeux.

Je crois que j'en ai trop mis...

Allez, une dernière petite photo pour les parents… On sourit…
Et voilà ! Ouf ! Kevin peut enfin aller se changer.

Ah ben, zut ! C'est malin ! Comment on fait, déjà, pour enlever cette robe ?

– Attends, je vais t'aider. Tu as encore des tas de choses à apprendre pour devenir une vraie princesse !

– Ah non, princesse, c'est vraiment trop compliqué !
La prochaine fois, je me déguiserai en sirène !